# Die Toten vom Küchen

von

Gabriela Rateike

(Ähnlichkeiten oder Namen in diesem Buch sind rein zufällig und fiktiv)

An einem schönen Tag im August führte der Spaziergang uns auf den Wanderweg rund um den großen Küchensee in Ratzeburg. Es war ein heißer Tag, mit Temperaturen um 27 Grad Celsius im Schatten. Wir, eine Gruppe von 5 Frauen, wollten diesen gemütlichen Spaziergang genießen und uns eventuell unterwegs auf einer Bank niederlassen. Von dort war ein Bad im Küchensee geplant mit anschließendem Picknick unter den kühlen Bäumen. Der Küchensee in Ratzeburg ist ein Teil des großen Ratzeburger Sees, in dem die Ratzeburger Inselstadt liegt. Der Ratzeburger See teilt sich auf in den großen Ratzeburger See, den Domsee, den kleinen Küchensee und den großen Küchensee.

Der Wanderweg rund um den großen Küchensee hat eine ungefähre Länge von ca. acht Kilometern. Das sollte für uns bedeuten, ungefähr 1 ½ bis 2 Stunden unterwegs zu sein, mit Schwimm- und Esspause auch durchaus 3 Stunden. Wir waren eine lustige Truppe von Frauen im Alter von 50 bis über 80 Jahren. Alle noch geistig und körperlich fit und lustig.

Wir hatten auch alkoholische Getränke im Gepäck. Ein Gläschen Wein verschmähten wir alle nicht. Dazu leckere belegte Brötchen, -

ach, das war schon etwas Feines an so einem Ausflugstag. Nun ging also unsere Tour gegen 11.30 Uhr am Vormittag los. Wir hatten ja Zeit. Niemand von uns hatte Termine. Wir waren alle gut drauf. Wir starteten am Aqua Siwa, dem Hallenbad auf der Insel. Von dort sollte es über den alten Bahndamm in Richtung Wanderweg rund um den großen Küchensee gehen. Alle hatten ihr Rucksäckel mit Leckereien aufgeschnallt. Unterwegs wurde unsere Stimmung immer sehr schnell sehr lustig. Gute Laune, das war wichtig auf Spaziergängen mit der Truppe. Wer muffelte, konnte gern zuhause bleiben. Ab und zu stimmte man ein kleines Liedchen an, oder das Smartphone gab die Musik zum Wandern dazu. Ja, die Technik in der heutigen Zeit hat manchmal auch ihre Vorzüge.

Unsere erste kleine Pause ergab sich schon nach einer halben Stunde im Wald. Wir setzten uns alle auf einen umgefallenen Baumstamm, wie die Hühner auf der Stange und ein jeder holte sein Glas heraus, um zum ersten Mal einzuschenken. Es war ein süffiger Rotwein, den wir uns gönnten. Die Sonne ließ ihre Strahlen durch das kräftig grüne Laub an den Bäumen scheinen und uns allen

wurde ziemlich schnell klar, dass eine Abkühlung im See sicherlich das Beste sein würde, was wir bald genießen konnten. 5 Frauen, die im See planschen wie die kleinen Kinder, - ja, das konnte nur lustig werden.
Wir prosteten uns zu und tranken das Glas Rotwein ziemlich schnell aus. Zum Essen waren wir noch nicht hungrig genug. „Einfach noch nicht lang genug unterwegs," meinte dann Beate, die Älteste von uns, aber auch mit die Rüstigste.
„Hey ho, hey ho, jetzt sind wir alle froh,", sang ich und freute mich schon auf das Bad im See.
Wir machten uns wieder auf den Weg. Irgendwie gab es unterwegs immer wieder Anlass zu Erzählungen über den See, über seine Beschaffenheit, seine Begebenheiten, seine Märchen. Jeder hatte etwas beizutragen. Bei einigen realen Geschichten liefen uns kalte Schauer über den Rücken, wenn von Todesfällen im See die Rede war. Aber immer wieder machten wir unsere Witze und lachten viel und freuten uns über die herrliche Natur und darüber, dass es schön war, hier zu wohnen, wo andere Urlaub machen und teuer dafür bezahlen mussten. Den See vor der Tür zu haben, der täglich

zum Schwimmen einlädt, - das ist schon etwas Besonderes. Das weiß man zu schätzen, wenn man diesen Genuss nicht immer gehabt hat. Jeder von uns ist zugezogen und lebte einmal woanders. Doch seit einiger Zeit leben wir fast alle in einem Haus mit Singlewohnungen, welches sich mitten auf der Insel befindet. Eine nette Hausgemeinschaft, wo jeder sich noch um das Wohl des anderen kümmert. Das ist heutzutage nicht mehr so häufig. Aber hier funktioniert das noch sehr gut.
Jedenfalls spazierten wir weiter. Der Weg führte uns durch den Wald in Richtung einer Waldpension. Diese sah recht unheimlich aus. Sie stand leer. Die Fenster waren voll mit Spinnenweben und die Außenfassade des Hauses war witterungsbedingt dunkelgrau und nicht mehr schön anzusehen. Rundherum wucherte Efeu und Brombeeren, sowie eine Hecke aus dornigen Büschen. Der Parkplatz vor dem Haus war schon fast zu einem Abladeplatz für Bauschutt und Sperrmüll geworden. Vermutlich waren es die alten Möbel aus der Waldpension, die längst hätten entsorgt werden müssen. Dort hatten sich sicherlich schon so einige Tiere des Waldes ihren Unterschlupf gebaut. Unweit

davon gab es eine Bank mitten am See, umsäumt von dunklen Tannen, wie in einem Märchen oder einem spannenden Gruselfilm. Wir malten uns aus, was hier wohl alles passiert sein mochte oder welch ein Film hier hätte gedreht werden können. Nun, dort ließen wir uns jedenfalls erneut nieder zu einer zweiten Pause. Mittlerweile war es 13.00 Uhr geworden. Natürlich gab es wieder etwas zu trinken und das erste handfeste, gut belegte Brötchen, damit die Nahrung nicht nur aus Flüssigkeit bestand, sondern auch half, mit dem Rotwein umzugehen und nicht gleich angesäuselt weiter zu wandern. Marion, die zweitjüngste in unserer Gruppe, verwöhnte uns alle mit leckerem Schinken, mit Ei oder anderen schmackhaften Zutaten, die auf den Brötchen lagen. Eine gute Grundlage für weitere Gläser, gefüllt mit Wein. Wir aßen und erzählten uns dabei, was uns zu diesem unheimlichen Haus einfiel. Wir sprachen über Mord, über lustige Dinge, über sachliche Urlaubserlebnisse, usw. Doch manchmal ließen wir einfach nur die Ruhe um uns herum zu und schwiegen und hörten den Geräuschen des Waldes und des Sees zu. Die Geräusche, die dazu animieren, sich etwas auszudenken, die anderen zu erschrecken. Ja, und der Wein zeigte sicherlich auch schon seine Wirkung. Denn auf Grund der Hitze wurde manchmal aus Alkohol im Blut dann Blut im Alkohol... Aber zunächst waren wir alle noch lustig und unsere Vorfreude auf das Schwimmen wurde zunehmend größer. In so einer Gruppe gibt es jedoch häufig einen Querschläger, der nicht mit allem konformgeht, was sich so abspielt, wenn man mit mehreren unterwegs

ist. Das war leider auch bei uns so. Es ist ja bekannt, dass drei oft einer zu viel sind oder bei fünfen ebenfalls ein fünftes Rad am

Wagen zu viel ist. Diese Tatsache ist eben so und immer schon so gewesen. Das kann man einfach nicht oder nur sehr selten ändern.
Katharina, sie lag altersmäßig zwischen uns mit 65 Jahren, wohnte nicht in unserem Haus.
Sie wohnte in einem anderen Stadtteil und dies schien auch der Grund, warum sie oft ein wenig aus der Reihe fiel, sich nicht anpassen konnte, und der leider häufig der Humor fehlte. Sie konnte einfach nicht von Herzen lachen.
Egal, welches Thema wir auch anschnitten, worüber wir uns auch amüsierten, Katharina hatte häufig etwas daran auszusetzen und bemängelte unsere Sicht auf die Realität oder darauf, wenn wir uns über etwas lustig machten, was sie als ernst empfand. Wir sind grundsätzlich alle sehr tolerant und respektieren des anderen Meinung, aber manchmal muss man dann eben ein Machtwort sprechen, damit es nicht zu Diskussionen kommt, die zu einem Streit eskalieren könnten.
Doch noch war alles im „Grünen Bereich“. Man genoss einfach nur den Ausflug und die Umgebung. Und wenn kleine Sticheleien im Gespräch überhandnahmen, ignorierte man

es einfach. Beate erzählte uns von einem Todesfall im See. Wir hörten alle gebannt zu. Sie war ebenso Autorin wie ich selber und wir hatten viele Gemeinsamkeiten, verstanden uns sehr gut, trotz des Altersunterschiedes, da ich rund 30 Jahre jünger war als sie. Aber Beate war einfach jung im Herzen und im Kopf geblieben und sehr tolerant. Sie konnte die Gruppe somit immer wieder von Auseinandersetzungen ablenken.
Jutta hielt sich aus allem heraus und war ein stiller Mitläufer. Katharina war schwierig, denn sie war teilweise sehr dominant, bestand auf ihrer Meinung und ließ oft keine andere zu, wurde dann laut und ihre Augen blitzten und zeigten eindeutige Stimmungsänderungen. Diese mussten im Zaum gehalten werden. Ja, es war sicherlich auch im Alter schwierig, immer einer Meinung zu sein. Immer wieder fiel der Blick über den See und die Unterhaltung wurde ausgesetzt, um der Natur zu lauschen. Wir aßen unsere Brötchen auf und setzten unsere Wanderung fort. Zwischendurch blieben wir kurz stehen und machten Gymnastikübungen, die manchmal sehr lustig aussahen. Wir lachten darüber, weil wir doch auch nicht mehr so gelenkig waren,

wie man es sich gewünscht hätte. So blieb der Weg das Ziel und wir hatten viel Spaß. Nach einer weiteren Stunde kamen wir an eine kleine Bucht. Dort wollten wir nun endlich baden gehen. Ein jeder stellte seine Sachen ab und wir zogen uns zum Schwimmen um. Das Wasser war klar und man konnte bis auf den Grund sehen. Das allerdings bedeutete meist auch, dass das kühle Nass noch recht frisch zu sein schien.

Ich war die erste, die mit den Füßen im See stand. „Huch," schrie ich. „Das ist wirklich noch ein wenig frisch." Aber sobald die anderen auch im Wasser waren, ging es ziemlich schnell und wir schwammen alle und plantschten herum. Wir waren die einzigen weit und breit. Der Küchensee ist so groß, dass man kaum eine Menschenseele trifft. Es scheint so, dass nicht viele dort baden gehen mögen, wo Beaufsichtigung fehlt oder es keinen Strand oder eben extra als Badestelle ausgewiesene Plätze gab.

Der Himmel über uns war azurblau und die Sonne ließ das Wasser glitzern wie Silber und Diamanten. Es war einfach wunderschön. Keiner von uns hätte geahnt, was da noch auf uns zukam.

Das Wasser war, wenn man sich bewegte, angenehm temperiert und so konnten wir doch eine gute Viertelstunde im Wasser bleiben, bevor es wieder hinausging.

Foto: Gabriela Rateike

Die Abkühlung erfrischte uns und anschließend saßen wir alle nur so da, sahen auf den See und jeder hing seinen Gedanken nach.
Wir packten unsere Taschen aus und aßen noch eine Kleinigkeit, da nach dem Baden ja bekanntlich der Magen gern noch einmal gefüllt werden möchte, mit Leckereien, die diese sportliche Aktivität abrundete, und zufrieden machte.
Wir erzählten uns Witze und lachten so laut und herzerfrischend. Es war ja auch egal. Dort war niemand, der sich hätte beschweren können oder dem es zu laut gewesen wäre. Da saßen fünf Frauen und waren mit sich und der Welt zufrieden. Nach einer ganzen Weile zogen wir uns wieder an und unsere Wanderung wurde fortgesetzt.
Still, gut gesättigt, abgekühlt und erholt gingen wir durch den Wald.
Einige Zeit später kamen wir an der Farchauer Mühle an, ein kleines Hotel-Restaurant, urig und mitten im Wald

gelegen. Doch wir hatten ja bereits gespeist und waren gut gesättigt, sonst hätte man dort sicherlich einkehren können.
Also gingen wir langsam weiter und genossen den Ausblick über den ganzen Küchensee von der anderen Uferseite aus.
Über eine kleine Brücke ging es weiter. Dort konnte man ein großes Wasserrad betrachten.
Doch Marion schrie plötzlich auf. „Oh, mein Gott, seht mal!“
In dem noch intakten Wasserrad lag ein menschlicher Körper. Es war eine Frau. Sie war sehr hübsch, hatte lange dunkelbraune Haare und sie war sehr leicht bekleidet, nur mit einem kurzen Kleid.
Wir waren wie von Sinnen, hatten alle plötzlich die Stimme verloren, starrten auf diese Frau, die mit dem Rad immer wieder herumgetragen wurde, während sich das Rad drehte.
„Hilfe,“ schrie Jutta. „Hiiiiiiiiiiilfe,“ helft der Frau! Wir waren gebannt, hatten doch noch nie so etwas gesehen. Jeder von uns war bleich wie Kalk.
Es vergingen unendliche Sekunden, bis wir einen Ton sagen konnten und uns klar wurde, dass man irgendetwas tun musste.

Okay, Katharina holte ihr Handy aus der Tasche und rief die Polizei.
Uns war es mulmig ums Herz. Katharina war da etwas sachlicher und konnte als erste einen klaren Gedanken fassen.
Der Körper schien leblos und bereits über einen längeren Zeitraum in dem Rad „mitzufahren."
Hätte man dies doch nur anhalten können. Weit und breit war kein Mensch. Man konnte auch nicht zum Rad hinunterklettern. Immer wieder wurde die Frau herumgetragen, hing in dem Rad fest. Wir schauten und uns liefen die Tränen über das Gesicht.
Hatten wir eben noch herzlich gelacht und uns des Lebens gefreut, so war ein jeder von uns geschockt und verängstigt.
Die Frau war wohl etwas jünger als wir alle. Doch sie schien auch vertraut.
Ich kann es nicht erklären, aber irgendwie war es nicht wirklich.
Im Kopf wurde mir ganz schwindelig. Auch Beate, Marion und Jutta waren zutiefst erschrocken und starr vor Schreck.
Das konnte doch nicht sein. So etwas gab es doch nur im Film, im Fernsehen.

Warum? Was war geschehen? War es ein Unfall?
War die Frau gestürzt? Alle hatten, so glaube ich, die gleichen Gedanken. Wie kam die Frau dort in das Wasserrad? Rundherum war alles sicher. Da konnte man nicht einfach hineinfallen.
Von der Wasserseite aus war es auch nicht möglich, in einen Strudel oder eine Strömung hineinzugeraten. Es gab überall Holzvorrichtungen, die das verhinderten.
Nein, es konnte nicht einfach passiert sein.
Da mussten äußere Einwirkungen mit im Spiel sein. Wir mochten es gar nicht aussprechen, aber alle dachten dasselbe, - Mord!!!
Es dauert nur wenige Minuten, bis wir die Sirenen vernahmen. Natürlich hatte man Katharina am Telefon mitgeteilt, dass wir vor Ort bleiben mussten, um uns zu befragen, was dort geschehen war. Ob wir die Frau kannten, ob sie mit uns unterwegs war...
Fragen, die wir alle auf Grund des Schockzustandes kaum beantworten konnten.
Das erschien den Polizeibeamten zunächst sehr merkwürdig. Waren wir doch fünf Frauen mit nassen Haaren, allein unterwegs,

alle verwirrt und vielleicht auch ein wenig nach Alkohol riechend.
Da wurde so mancher Kripobeamte sehr skeptisch.
Einer der Beamten namens Chris Henningsen, auch Long John genannt, war der leitende Beamte in diesem Fall. Er war Kriminaloberkommissar.
Ich brauche sicherlich nicht näher darauf eingehen, warum man Henningsen den Namen Long John gegeben hatte.
Er schien mehr als zwei Meter groß zu sein und ausgesprochen schlaksig sein Gang. Seine Beine schienen bis zum Hals zu gehen.
Aber er war ruhig, gelassen und ging mit Mord und dergleichen äußerst sachlich und vernünftig um. Nichts brachte ihn so schnell aus der Ruhe. Er hatte auch eine Spürnase, wenn es um Lügen ging, wenn sich jemand in Widersprüchen verstrickte.
Long John übernahm also weitestgehend die Befragung der Anwesenden.
„Wo seid ihr hergekommen, warum und wieviel habt ihr getrunken? Ist ein Unfall geschehen, nachdem ihr unbedingt Alkohol trinken musstet, und dann noch bei der Hitze?"

Doch wir waren einfach nur sprachlos, konnten kaum unsere Namen nennen, hatten einfach nur Angst und waren von dem Anblick der toten Frau in dem Wasserrad noch zu sehr erschrocken.
Long John interessierte das alles nicht.
Er wollte möglichst schnell erste Ergebnisse sehen oder hören.
„Hey, meine Damen, gehört ihr alle zusammen? Habt ihr die Tote vom Steg gestoßen?“ lachte er mehr oder weniger verschmitzt.
Katharina war wieder die erste, die sehr sachlich zu Protokoll gab, wie unser bisheriger Tag verlaufen war, warum unsere Haare so aussahen, wie sie aussahen, warum wir etwas getrunken hatten und wieviel und wo…
Jutta sprach wie von Sinnen und war etwas durcheinander. Marion kamen unbeabsichtigte Worte über die Lippen, die mich zu einem Lächeln veranlassten, was den Beamten gar nicht gefiel. Doch ich wollte mich nicht lustig machen. Nein, es war Marions trockene Art, sich auszudrücken, als sei gerade ein mit schwarzem Humor geprägter Film über die Leinwand gelaufen.

Sie sprach von einer Schaufensterpuppe, die während der Modenschau vermutlich über Bord gegangen war.
Long John lächelte mich an, aber schnell war ihm bewusst, dass dies der falsche Moment für solch eine Reaktion war.
Er sah zu Beate, wollte ihr ebenfalls Fragen stellen, doch das wäre vergeblich gewesen.
Beate weinte noch immer. Sie konnte noch gar nicht vernommen werden. Und ich versuchte mich zu erinnern, wie wir überhaupt dort hingekommen waren. Ich war völlig verwirrt, konnte keinen klaren Gedanken fassen, musste mich erst einmal beruhigen und zu mir kommen. Ich sah immer nur diese Frau in dem Wasserrad, welches sich unaufhörlich drehte.

Inzwischen war ein Krankenwagen aufgetaucht. Ein weiteres Auto, welches vermutlich Beamte, Pathologen oder was auch immer dort hinbrachte. Der gesamte Ort wurde, wie im Fernsehen, mit rotweißem Absperrband eingezäunt.
Doch das lief irgendwie ab wie in einem schlechten Traum
Ja, es musste ein Albtraum sein. Gleich würde ich aufwachen und läge in meinem Bett. Ich sah meine Mitbewohner, wie durch einen Schleier. Sie waren alle noch immer bleich und hatten Augen, die mir sagten, dass es kein Traum war, dass wir das alles wirklich erlebten.

Wollten wir doch einen herrlichen Tag erleben, einen Ausflug, an den wir uns positiv erinnern würden.
Und nicht ein Horrorszenario, welches man ganz schnell vergessen möchte.
Ich kann nicht sagen, wie lange wir dort noch gestanden haben. Wie lange wir befragt wurden. Wie jede von uns dieses schreckliche Erlebnis ertragen hatte. Es muss eine Ewigkeit gedauert haben.
Nachdem nun all unsere Personalien aufgenommen wurden, ein Arzt geschaut hatte, ob wir in der Lage waren, unsere Wanderung ohne Krankenhausaufenthalt fortzusetzen, bat man uns, den furchtbaren Ort zu verlassen. Long John winkte hinter uns her und rief gelassen: „Wartet es nur ab! Die Wahrheit wird ans Licht kommen. Und irgendjemand von euch wird sich in seinen Lügen verstricken und dann werden wir ungemütlich. Merkt euch das!"
Wir wurden noch gefragt, ob man uns ein Taxi rufen solle, aber wir wollten laufen.
Das musste erst einmal verarbeitet werden.
Wir hakten uns ein, immer zu zweit oder dritt, frierend, erschrocken und noch nicht realisierend, was da gerade vor unseren Augen abgelaufen war.

Die ersten zwei oder dreihundert Meter sprachen wir kein Wort.
Dann platzte es aus mir heraus. Ich konnte einfach nicht an mich halten.
„Sag, Katharina, warum kannst du dieses schreckliche Ereignis eigentlich so sachlich angehen? War dir die Frau bekannt? Du hast kaum eine Gefühlsregung gezeigt. Hast du schon mal eine Tote gesehen? Oder ist dir ein eventueller Mord nicht so unangenehm wie uns allen?"
Katharina wurde laut, schrie mich fast an. „Wie kommst du darauf? Nur weil ich weniger zimperlich bin? Vielleicht ist es nicht meine Art, immer und überall meine Gefühle zu präsentieren."
Doch bevor die Situation zu kriseln begann, ging ich voraus und brach die Unterhaltung ab. Ich wollte keine Auseinandersetzung. Mir kam das nur ein wenig merkwürdig vor, wie sachlich und kühl Katharina an die Angelegenheit herangegangen war.
Inzwischen unterhielten sich auch Beate, Marion und Jutta über dieses Bild, diesen schrecklichen Moment, als die Frauenleiche auf dem Wasserrad auftauchte. Jeder für sich sagte, was er in dem Moment gedacht hat.

Auch ich glaubte zunächst, dass es eine Puppe sei. Oder vielmehr habe ich es gehofft. Vielleicht ein Scherz, ein Streich von irgendwelchen Leuten, die sich nicht vorstellen können, welch eine Reaktion das im Menschen hervorrufen kann.
Doch es war Realität. Die Frau war echt, und sie war tot, und es schien uns als nicht natürlicher Tod.
Wir liefen also schnelleren Schrittes Richtung Insel zurück und wollten nur eines, - nach Haus. Der Rest unseres Heimweges blieb stumm.
Der Appetit auf Rotwein oder auf etwas zu essen war uns vergangen.
Man wollte dieses Bild aus dem Kopf bekommen.
In den nächsten Tagen wurden wir alle bei der Kripo vorgeladen, nacheinander, um die Aussagen zu vergleichen und eventuelle Unstimmigkeiten abzugleichen. Long John saß da, in seinem Büro, mit der Pfeife im Mund und einer Tasse gut duftendem Kaffee. Den hätte sicherlich die ein oder andere von uns jetzt auch gern vor sich gehabt.
Doch eigentlich war uns klar, dass es nichts abzugleichen gab. Aber mir war nicht wohl bei dem Gedanken. Ich hatte immer noch die

Reaktion von Katharina im Gedächtnis. Ihre Augen und ihr ganzes Verhalten ließen mich darauf schließen, dass irgendetwas nicht stimmte.
Aber ich war ja kein Ermittler. Ich war mir nur sicher, dass ich mich eigentlich immer auf mein Bauchgefühl verlassen konnte. Diesmal sagte es mir, dass irgendwo in diesem Durcheinander Unwahrheit steckte. Hätte ich mit Henningsen darüber sprechen sollen? Nein, man verpetzt niemanden aus der Clique.
Ich war der festen Überzeugung, dass Katharina die Frau zumindest kannte und uns vielleicht sogar etwas verschwieg. Aber wie sollte man es aus ihr herauskitzeln?
So vergingen die Tage oder Wochen und wir vier aus unserem Singlehaus trafen uns so natürlich wie möglich, ohne ein Wort darüber zu verlieren.
Und wenn, dann waren es kurze, knappe Sätze und der Versuch, von diesem traurigen Tag abzulenken.
Ich war aber nicht mit der Situation zufrieden. Wenn etwas an mir nagt, gebe ich nicht auf, will immer mit dem Kopf durch die Wand und lasse nicht locker. Ich dachte immer öfter an Henningsen, der, so schlaksig

und lang er auch war, in mir Gefühle geweckt hatte, die ich lang nicht gehabt habe.
Long John war trotz seiner Länge ein attraktiver Mann, weil er so ruhig, so ausgeglichen war. Ich mochte es, wenn jemand Pfeife rauchte. Er hatte einen Bart und war immer recht sportlich gekleidet. Seine Art und Weise, wie er jemanden anschaute, ließ mich angenehm erschauern. Und Long John hat mich auch als Mann schon sehr interessiert. Er kam des Öfteren in unser Singlehaus, um noch offene Fragen aus dem Weg zu räumen, um immer wieder nach Details zu fragen. Wenn er in meine Wohnung kam, bot ich ihm Kaffee an und wir unterhielten uns oft sehr angeregt.
So kam es vor, dass er eines Abends anrief und fragte, ob er noch einmal vorbeischauen dürfe, um mit mir einiges zu erläutern, was ihm nicht schlüssig war. Ich war einverstanden.
Er klingelte so gegen 21.00 Uhr.
Ich machte ihm auf, leicht jedoch vollständig bekleidet.
„Hallo, vorweg gleich die Frage, sind Sie noch im Dienst oder ist es außerhalb der Dienstzeit?“

Er antwortete: Hab schon Feierabend, kannst „du" zu mir sagen. Aber nur, wenn wir zwei allein sitzen. Sonst sollte es beim „Sie" bleiben, bitte." „In Ordnung," erwiderte ich, dann nimm Platz und ich bring dir ein Bier, wenn du magst."
„Chris also, das ist die Abkürzung von Christian?"
„Jepp," sagte er kurz und knapp. „Aber alle nennen mich Chris oder eben John oder Long John, oder Mr. Long, wie im Film." Ich musste lächeln, denn ich bin ein echter Filmfreak, und wusste sofort, auf welchen Film er anspielte.
„Okay, dann bleiben wir bei Chris, wenn es privat ist.
Und warum bist du nun hier? Gibt es Probleme mit unseren Aussagen?"
„Nein, es ist ein privater Besuch. Ich habe deine Augen gesehen, wenn wir uns gegenübergesessen haben. Die sind schon sehr besonders. Ich steh auf blaue Augen und etwas üppige Frauen."
Ich wurde merklich rot und mir wurde ziemlich schnell sehr warm.
War er etwa wirklich an mir interessiert? Oder war es nur ein Besuch für einen One-Night-Stand?

Wobei, es wäre mir egal gewesen, denn ich habe ja nichts zu verlieren.
Chris trank sein erstes Bier und sein zweites Bier und es wurde ziemlich locker. Er erzählte ein wenig aus seinem Privatleben und von einigen seiner Sorgen. Nun muss ich dazu sagen, dass ich offensichtlich schon immer ein Schild auf der Stirn kleben hatte, mit den Worten:

Erzählt mir alles, ich höre zu, egal wie privat es auch ist.

Ich scheine da so eine Art zu haben, die es meinen Mitmenschen ermöglicht, dass sie sehr private, ja sogar intime Themen mit mir besprechen, obwohl ich doch eine Fremde bin.
So war es auch an diesem Abend.
Und weil er nicht in die Kneipe wollte, um sich einen anzutrinken, hätte er plötzlich an meine blauen Augen gedacht und wäre auf die Idee gekommen, mich zu besuchen.
Nun, jedenfalls wurde unser Gespräch ziemlich schnell sehr privat und wir merkten beide, dass es auszuufern schien.
Aber er tat mir leid. Mein Mitleid ist groß, wenn mir ein Mann gegenübersitzt, der traurig ist oder verzweifelt, oder der sich

einfach nur etwas von der Seele reden will. Und erst recht, wenn mir dieser Mann auch noch gefällt.
„Hey, setz dich doch etwas näher zu mir. Dann kann ich dir mal vorsichtig über die Haare streicheln."
Ich war geschmeichelt und auch überwältigt. Chris war schon sehr direkt.
Ich setzte mich neben ihn auf die Couch.
Er nahm mich in den Arm und hielt mich fest. Das war sehr schön und sehr angenehm und ich fühlte mich sofort gut und geborgen.
„Sorry, aber ist das okay für dich? „
„Ja, flüsterte ich. Es ist verdammt lang her, dass mich ein Mann in den Arm genommen hat."
„Bist du sicher, dass wir das tun sollten? Du bist doch Kripobeamter und ursprünglich bin ich eine der Frauen, die verhört wurden, als was auch immer."
„Alles okay, bleib entspannt. Ich dachte mir, dass du es möchtest, denn die Anzeichen waren schon beim ersten Zusammentreffen da. Ich habe deine Augen gesehen und wusste, dass du mich magst. Man sieht es dir einfach an."

„Uff, dass es so offensichtlich war, hätte ich nicht gedacht. Das ist mir jetzt aber besonders peinlich."
Chris lächelte mich an und ich wurde wieder rot und mir wurde auch wieder ganz warm.
„Möchtest du, dass ich gehe, oder soll ich bleiben?"
Ich konnte gar nichts erwidern und hoffte im Stillen auf seine richtige Reaktion.
Die Nacht ging erst am frühen Morgen um 5.00 Uhr zu ende.
Chris trank noch einen Kaffee mit mir und ging dann zum Dienst.
Und nun? Was sollte denn nun werden?
Wie sollte ich denn damit umgehen?
Am nächsten Tag trafen wir, Beate, Marion, Katharina, Jutta und ich uns zum Frühstück.
Ich merkte immer, wenn Katharina bei einem der Treffen dabei war, dass die Stimmung zwischen uns sehr angespannt war. Sie konnte mir nicht in die Augen schauen und ich wollte keinen Streit, keine Diskussionen. Außerdem, was ging es mich an?
Die Kriminalpolizei würde schon herausbekommen was da nicht stimmte. Ich sollte mich lieber nicht dort hineinstecken.
Obwohl mir mein Gewissen nach der letzten

Nacht schon im Nacken saß. War ich es Chris schuldig, ihm meine Vermutungen mitzuteilen?
Ja, es sollte sich alles ändern. Nichts war mehr so wie vor diesem Ausflug.
In den Zeitungen war zunächst immer nur zu lesen, um wen es sich handelte, dass die Ermittlungen ergeben hatten, dass äußere Einwirkungen tatsächlich zum Tode der Frau geführt hatten, aber dass keine weiteren Ergebnisse bekannt gegeben würden, um die Ermittlungen nicht zu behindern. Katharina, die bei den kommenden gemeinsamen Treffen immer weniger sprach, verbarg irgendetwas.
Was hatte sie mit dieser Frau zu tun?
Was wusste sie, was wir nicht wissen sollten?
Würden wir es eines Tages erfahren? Die Neugier war schon sehr groß, denn schließlich hatten wir das Opfer ja gefunden und somit wollte man im Kopf mit dem Thema abschließen. Aber das konnte man nur, wenn man mehr Details erfahren würde, bzw. wüsste, was nun eigentlich geschehen war.
Doch Katharina ließ uns im Dunkel.
Sie wollte einfach nichts sagen.

Immer wieder fragte einer von uns sie über diesen Tag und immer öfter waren es unterschiedliche Antworten, die sie gab.
Doch schließlich, irgendwann, plötzlich und unerwartet kam die Wende im Todesfall der Frau.
Es war nicht Katharina, die uns aufklärte.
Nein, es waren die Medien.
Die Kripo hatte den Wagen der toten Frau gefunden. Man veröffentlichte Fotos
Im Auto lagen Briefe, böse Briefe, Schriftwechsel zwischen Katharina, der toten Frau und einem Mann, der zwischen den beiden Frauen stand.
Er war der Knackpunkt in dieser ganzen Sache. Die beiden Frauen hatten Streit und eifersüchtige Auseinandersetzungen wegen dieses Mannes.
Das war der Grund, warum Luise, so hieß das Opfer, sterben musste. Luise war Katharina und Milan, dem Liebhaber von Katharina, im Weg. So hatten die beiden eigentlich den Plan, dass Luise
in einem Gespräch klargemacht werden sollte, dass es keine Liebesgeschichte zwischen ihr und Milan geben werde, weil doch Katharina seine „Angebetete“, seine zukünftige heißgeliebte Frau sei, mit der

Milan verreisen wollte, eine schöne Zeit haben wollte.
Doch eines Tages folgte Katharina den beiden bei einem Spaziergang am Küchensee und sah, wie die beiden begannen zu streiten.
An einem Steg, in der Nähe des Wasserrades standen sie und es gab eine handfeste Auseinandersetzung, bei der Luise ausrutschte, mit dem Kopf auf das Holzgeländer am Steg fiel und ins Wasser stürzte.
Dort verschwand sie in den Tiefen des Sees.
Milan verließ den Steg und lief, ohne Katharina gesehen zu haben, davon. Katharina war nun unschlüssig was sie tun sollte. Einerseits schien es ihr zu gefallen, dass Luise im Wasser des Sees verschwunden war, andererseits hatte sie ja die Verpflichtung, diesen Vorfall der Polizei oder der Feuerwehr oder wem auch immer zu melden.
Aber sie behielt es für sich, in der Hoffnung, nun Milan für sich zu gewinnen. Weit gefehlt. Milan, fremd in dieser Stadt, verschwand auf nimmer Wiedersehen. Keiner wusste, wo er herkam, niemand kannte seinen vollen Namen.

Dieser Todesfall sollte jedoch nicht der einzige bleiben.
Der Küchensee schien ein Unglückssee zu sein.
Dabei sah er so wunderschön aus. Im Sonnenlicht wirkte er wie eine einzige Decke aus Edelsteinen. Alles glitzerte. Drumherum die vielen Grüntöne des Waldes.
Der Küchensee war doch eigentlich sehr romantisch. An einem seiner Ufer gab es einen wunderschönen Kurpark mit Bademöglichkeiten. Am Ostufer der Wanderweg beginnend, der rund um ihn herumführt. Das konnte doch nicht sein, dass dieser wunderschöne See zu einem Todessee werden sollte?
Doch es kam genau so
Diesmal waren es 6 Jugendliche, die auf dem See mit ihren Kajaks unterwegs gewesen waren, Wettrennen veranstalteten, aus dem Boot ins Wasser sprangen, wieder hineinkletterten, sich einfach dem jugendlichen Elan und Leichtsinn hingaben und über nichts Schlimmes nachdachten, bis sie eine Männerleiche fanden, die schon viele Wochen im Wasser gewesen sein musste. Vielleicht hatte sie lange unter Wasser gelegen und erst als sich die Verwesungsgase

entwickelten, kam der tote Körper des Mannes zum Vorschein.
Kaum identifizierbar wurde von der DLRG und der Polizei eine männliche Leiche an Land geholt, nachdem die Jugendgruppe diese gefunden und per Smartphone sofort Nachricht an die Notrufnummer 110 gegeben hatte.
Die Leiche war aufgeschwemmt und sah gruselig aus. Es gab viele Bissspuren. Das Gesicht war fast bis zur Unkenntlichkeit verwest und zerfressen.
Vermutlich waren hier schon so einige Lebewesen am Werk und hatten sich daran satt gefressen. Es gab große Hechte im See und Welse, Karpfen und viele andere Fische.
Ich möchte gar nicht wissen, welcher Schreck den Jugendlichen in den Gliedern gesessen hat, als sie den toten Mann gefunden haben.
Der Mann war dunkel angezogen.
Später bei der Obduktion stellte sich heraus, dass er so ca. 55 bis 60 Jahre alt gewesen sein muss, von ausländischer Abstammung war, dunkle Haare hatte und vermutlich kein Ratzeburger Einwohner.
Aber man musste hier lange nachforschen, und über Wochen wurden DNA- Abgleiche

gemacht, die zunächst nicht zum Erfolg führten.
Doch es gab da eine Person, die einen Ring am Finger des Mannes erkannte.
Auf einem Bild in der Zeitung zeigte man einen goldenen Ring, 18 - karätiges Gold mit einem Saphir als Mittelstein und jeweils rechts und links davon ein Diamant.
Dieser wurde zur Identifizierung des Leichnams fotografiert und veröffentlicht. Katharina war es, die diesen Ring wiedererkannte, denn sie hatte ihn einst verschenkt. Damals hatte sie gehofft, sich die ganze Liebe Milans damit kaufen zu können, oder ihn damit zu überzeugen, dass er sie wenigstens ihres Geldes wegen lieben würde.
Aber das war eben nicht so. Er trug den Ring, entschied sich aber für Luise, die man auf dem Wasserrad tot aufgefunden hatte.
Nun ging alles von vorn los.
Wieder und wieder wurden wir Frauen zum Verhör vorgeladen. In was hatte Katharina uns da nur reingezogen?
Und mir war das immer sehr unangenehm, wenn ich ins Präsidium kam, Chris und seinen Arbeitskollegen gegenübersaß. Dann war ich eine Fremde, die verhört wurde und Chris war derjenige, der sein Gesicht wahren

musste, seinen Job machen musste als Kripobeamte.
Doch natürlich ergaben die Verhöre keine Resultate, und es stand ja auch außer Frage, dass wir vier aus dem Singlehaus etwas damit zu tun hatten.
Aber wir waren eben eine Clique und wie es so schön heißt: Mitgehangen, mitgefangen…oder umgekehrt…na, wie auch immer.
Milan war also auch aufgetaucht, als Wasserleiche aus dem Küchensee.
Was war hier wieder geschehen? Warum war auch Milan, der Geliebte von Luise, der Favorit von Katharina, tot?
Da die Befragungen bei uns allen fehlschlugen, musste es eine andere Begründung für seinen Tod geben.
Also begann man in seiner Vergangenheit zu suchen.
Schließlich wurde man fündig. Es gab noch weitere Frauen, die schwach geworden waren. Frauen, denen er schöne Augen gemacht hatte, und die ihn gern an ihrer Seite gehabt hätten. Und irgendwie hing alles immer wieder mit Luise und mit Katharina zusammen.

Der Kreis der Freundinnen erweiterte sich um ein Vielfaches. So musste man lange suchen, bis sich ein Zusammenhang ergab und die richtige gefunden wurde, die Angaben zu seinem Verbleib machen konnte, nach Luises Tod.
Langsam wurde es ein fast undurchdringlicher Dschungel aus Liebesbeziehungen, aus Eifersuchtsdramen und aus hasserfüllten Streitereien, die zu Handgreiflichkeiten führten. Luises Schwester, eine Frau aus Hamburg, hatte sich in Milan verguckt, als sie ihn bei ihrer Schwester kennengelernt hatte.
Und er war von ihr ebenfalls sichtlich angetan.
Doch dieses Gewirr aus Gefühlen, Beziehungen und Verhältnissen musste man erst mal entwirren.
Luises Schwester, Karin, war Milans Unterschlupf geworden, nach seiner Flucht aus Ratzeburg und dem Unfalltod von Luise.
Nun, jedenfalls blieb Milan dort für eine Weile, wollte aber quasi nur einen Fluchtort und nicht gleich wieder in eine nächste Beziehung hineinlaufen.
Aber Karin sah das anders.

Sie sah ihre Chance, als er vor ihrer Tür stand und sie ließ ihn nicht mehr los. Sie fuhr ihn hin, wo er wollte. Sie machte Termine für ihn und irgendwelche seiner dubiosen Geschäftsfreunde.
Sie wollte einfach für ihn da sein, ganz und gar. Milan fühlte sich bedrängt und ging ihr immer mehr aus dem Weg.
Karin hielt ihn fest, versuchte ihn in ihrer Wohnung in Hamburg festzuhalten, ihn zu erpressen, indem sie ihm androhte, die Polizei zu informieren, wenn er sie verließe.
Doch Milan konnte das nicht ertragen.
Eines schönen Tages fuhren die beiden also nach Ratzeburg. Dort hatte er einen Deal mit seinen Freunden. Karin begleitete Milan.
Der Deal war ein illegaler Handel mit gewaschenem Geld.
Doch der Deal ging schief.
Karin saß in einem Café in Ratzeburg und wartete auf Milan, der sie nach dem Treffen mit seinen Geschäftsfreunden abholen wollte.
Aber Milan kam nicht.
Sie nahm an, dass er sich abgesetzt hatte.
So fuhr sie nach Hamburg zurück und ging letzten Endes nicht weiter auf ihre „Sehnsucht" nach ihm ein.
Sie hörte nichts mehr.

Tja, das lag wohl nun daran, dass während des Treffens mit seinen angeblichen Partnern einer dieser Männer kurzen Prozess mit Milan gemacht hat.
Durch die lange Zeit im Wasser des Küchensees und die Bissspuren, durch die Verwesung, war es schwierig festzustellen, woran Milan gestorben war. Doch es stellte sich irgendwann bei der Obduktion heraus, dass es eine Stichwunde im Rücken gegeben hatte.
Vermutlich wurde er mit einem Messer tödlich verletzt und dann „entsorgt".
So fand man nach vielen Wochen seine Wasserleiche im Küchensee.
Doch es wollte einfach nicht enden.
Das Drama um den See nahm seinen Lauf.
Es vergingen endlich mal einige Monat ohne Schreckensnachrichten. Henningsen oder vielmehr Chris kam ab und zu bei mir zu Besuch. Manchmal blieb er auch über Nacht. Aber oftmals waren es nur Besuche auf einen Kaffee oder ein Bier. Ich hörte ihm immer gern zu und er war froh, wenn er mit mir nicht über Dienstliches, sondern auch über private Dinge sprechen konnte, wenn er sich bei mir anlehnen konnte. Er schien sich bei mir wohlzufühlen.

Es war eine lockere Geschichte, die mir ganz gut gefiel, weil ich eigentlich ein Einzelgänger bin und mich nicht mehr fest binden mochte.
Eines Tages, es war mittlerweile Herbst geworden, fand der Hund eines Spaziergängers am Ufer des Sees einen Knochen. Dieser war ungewöhnlich groß und so typisch für einen Oberschenkelknochen eines Menschen.
Und natürlich gab es polizeiliche Nachforschungen. Und natürlich war es tatsächlich wieder mal der Knochen eines Menschen. Also wurde dort, wo der Hund diesen Knochen gefunden oder ausgegraben hatte, alles abgesperrt. Mit Spürhunden und einer Sondereinheit suchte man rund um die Fundstelle alles ab. Man fand so einiges, angefangen von weiteren Knochen und dem dazugehörigen Schädel wurden auch Kleidungsstücke und eine Handtasche gefunden.
Ja, eine dritte Leiche, - wieder am Küchensee? Oder waren es Knochen aus einer anderen Zeit?
Aber dagegen sprachen die Kleidungsstücke und die Handtasche. Die waren noch nicht so alt. Im Gegenteil, es schien sich um recht

hochwertige, moderne und offensichtlich teure Stücke zu handeln. Also wohl ganz klar die Sachen einer Frau.
Man suchte in den Vermisstenakten nach Details, nach Spuren, nach irgendeinem Hinweis. Doch zunächst blieb alles ergebnislos.
Man versuchte aus den zusammengesammelten Knochen ein Skelett zu erstellen, um beispielsweise das Geschlecht der menschlichen Überreste festzustellen.
Doch in der heutigen Gerichtsmedizin ist ja vieles machbar, was man gar nicht für möglich halten würde.
Die gefundene Handtasche war leer. Somit gab es keine Papiere oder ähnliches, keine Dinge, die man hätte zuordnen können. Aber der Oberschenkelknochen und der Schädel ließen eindeutig darauf schließen, dass es sich um ein weibliches Skelett oder das, was davon übriggeblieben war, zu handeln schien.
Wer war dieses Frau?
Warum waren am Ufer des Küchensees Knochen vergraben? Und wie alt waren diese Knochen?
Der Hund fand den ersten Knochen in der Uferkante. Die übrigen Knochen und den

Schädel fand man ebenfalls an der Uferböschung, und die Kleidung war unter einer Wurzel eines im Wasser stehenden Baumes gefunden worden, zusammen mit der Handtasche.
Also vielleicht wurden die Dinge vom Boot aus vergraben. Aber warum? Und warum dort?
Es gibt bei solchen Untersuchungen immer so viele Fragen.
Chris durfte ja mit mir nicht über laufende Verfahren, über Ermittlungen reden. Aber wenn wir zusammen waren, ihn etwas nicht in Ruhe ließ, er sich über bestimmte Abläufe Gedanken machte, dann fragte er mich doch so manches Mal nach meiner Meinung.
Ich fand das sehr spannend. War ich doch schon immer begeistert, wenn im Fernsehen Krimis, Thriller, etc. liefen, bei denen es um Ermittlungen ging, usw.
Es gab eine Zeit, da hätte ich mir den Beruf der Gerichtsmedizinerin vorstellen können. Aber Vorstellung ist nicht gleich Realität. Und ich glaube, wenn man vor einer Leiche steht, oder vor Überresten, - dann kostet es nicht nur Überwindung, dann muss man sicherlich seine Angst, seine Scheu, seinen Ekel überwinden.

„Schatzi, bist du schon weiter gekommen in dem neuen Fall," fragte ich ihn am Abend, als Chris wieder mal bei mir saß und es sich gut gehen ließ.

„Habt ihr schon eine Vermutung, wer die Frau ist, oder das, was von ihr übriggeblieben ist?"

„Nicht direkt, aber es könnte etwas mit dem Fall zu tun haben, als ihr Luise gefunden habt."

„Das Kleid wurde in Hamburg, in unmittelbarer Nähe der Wohnung von Karin, Luises Schwester, gefunden, der Frau, die Milan damals den Unterschlupf gewährt hat."

„Das kann ja kein Zufall sein, oder?" Ich fragte mich immer wieder, ob Katharina mit dieser Angelegenheit noch etwas zu tun hatte. Aber ich verbarg meine Vermutungen vor Chris.

„Und, habt ihr diese Karin aufgesucht, um mit ihr über das erworbene Kleid zu sprechen?"

„Tja, das ist eben das Merkwürdige. Die Frau ist verschwunden. Und nun kommen wir eventuell zu dem Schluss, dass die Knochen zu eben dieser Frau, zu Karin, also zu Luises Schwester gehören könnten."

Ich war nun wirklich immer mehr davon überzeugt, dass Katharina doch in irgendeiner Weise etwas damit zu tun hatte. Ich erzählte Chris so einiges von Katharina. Er hörte mir aufmerksam zu.

„Bitte, bringe aber nicht gleich meinen Namen ins Spiel, sonst denken alle, dass ich Katharina verraten habe. Und dann gibt es bei uns im Haus Stress, den ich vermeiden möchte."

„Nein, keine Sorge," erwiderte Chris. Wir werden erst unsere Ermittlungen fortsetzen. Wenn wir uns ganz sicher sind, werden bestimmt auch ein paar Namen fallen. Das lässt sich wohl nicht vermeiden."

Katharina wurde noch am selben Abend zum Verhör gebeten und man suchte in Ihrer Wohnung nach Hinweisen. Doch sie hatte sich, in weiser Voraussicht, ein ganz neues Zuhause geschaffen.

Neue Möbel, keine Erinnerungen mehr. Gar nichts sollte in irgendeiner Form daran erinnern, dass Sie mit den Todesfällen etwas zu tun hatte.

Tage später trafen wir 5 Frauen uns wieder bei uns vor dem Haus im Garten zu einem netten Nachmittagskaffee.

Katharina wäre mir beinahe ins Genick gesprungen.
„Da steckst du doch dahinter," schrie sie.
„Die Bullen waren bei mir, haben alles durchsucht, haben mich über Stunden verhört.
Pass bloß auf, was du tust! Es könnte dir zum Verhängnis werden," sagte sie lauthals.
„Hey Katharina, sag doch endlich was du weißt! Dann sind wir dir gegenüber auch nicht so skeptisch," meinte dann Jutta, die sich bisher aus allem herausgehalten hatte.
Beate konnte wieder mal, durch ihre friedliche Art, Ruhe in die Situation bringen.
„Mädels, wir sind doch hier nicht bei der Polizei und auch nicht auf dem Bolzplatz.
Wenn wir uns was zu sagen haben, dann bitteschön, ruhig und friedlich."
Daraufhin bemerkte ich Katharina gegenüber, dass ich während der gesamten Zeit, in der man all die Leichen gefunden hat, die Ermittlungen liefen, die Zeitungsartikel veröffentlicht wurden, Zweifel an ihrer Ehrlichkeit gehabt hatte.
Doch Katharina winkte ab.
„Ach, lasst mich doch in Ruhe!"
Damit drehte sie sich um und verließ die Runde.

Am Abend war Chris wieder bei mir.
Wir aßen zusammen und unterhielten uns über den Fall, auch wenn es eigentlich nicht gestattet war. Aber auch Chris ist nur ein Mensch, der mal aussprechen möchte, was ihn beschäftigt und bedrückt, ebenso wie ich. Ich kann nichts in mich hineinfressen.
Das muss raus.
So erzählte ich ihm von unserem Nachmittag im Garten.
Katharina wurde observiert. Man wollte ihr endlich nachweisen, dass sie mit den Morden, oder zumindest mit dem letzten Fall, den gefundenen Knochen, zu tun hatte. Wenn Luise und Katharina sich kannten, dann waren vermutlich auch Katharina und Karin sich schon einmal begegnet. Und wenn Katharina doch so scharf auf Milan gewesen war, dann konnte man doch daraus schließen, dass es auch ein Eifersuchtsdrama zwischen Katharina und Karin gegeben hatte.
Doch sie lebte ein ganz gewöhnliches und normales Leben, an dem so gar nichts verdächtiges war.
Keine Telefonate, keine ungewöhnlichen Besuche, nichts, gar nichts.

Es schien entweder alles bis ins kleinste Detail ausgetüftelt, oder man war auf einer falschen Spur.
Nun, jedenfalls, verliefen die kommenden Treffen unserer Frauengruppe immer ohne Katharina. Sie blieb fern.
Es sah so aus, als ob sie sich komplett aus unserem Kreis entfernt hatte. Die Knochen, der Schädel mit den Zahnabdrücken und die Handtasche, sowie Kleidung wurden eindeutig Karin zugeschrieben. Denn man fand noch Stoffasern an einigen Knochenresten. Und an der Handtasche befand sich ihre DNA. Es gab keine Zweifel.
Doch es galt nach wie vor, herauszufinden, warum und wie Karin gestorben war. War es ein natürlicher Tod oder war es Mord?
Die gerichtsmedizinische Untersuchung wurde bis ins kleinste Detail überprüft.
Wir vier aus dem Singlehaus trafen uns zum gemeinsamen Frühstück und natürlich fragten wir uns, warum Katharina so reagiert hatte, warum sie uns fernblieb. Aber nicht einmal Marion, die etwas engeren Kontakt zu Katharina gehabt hatte, hörte etwas von ihr.
Hatte sie sich abgesetzt?

Henningsen sagte mir an einem Abend, dass unsere gemeinsame „Freundin“ sich Tickets für eine Bahnfahrt bestellt hatte. Diese ging quasi durch ganz Deutschland. Man hatte sie bis zu 8 Tage verfolgt. Doch sie stieg während dieser Zeit in den unterschiedlichsten Städten in mehreren verschiedenen Hotels ab, verhielt sich vollkommen unauffällig, eben wie eine ganz normale Touristin.
Dann verlor man sie aus den Augen. Das schien offensichtlich ihre Absicht gewesen zu sein.
So vergingen Wochen und Monate und der Alltag kehrte zurück mit Humor und Freude am Leben.
Chris und ich blieben in einer lockeren Beziehung, von der keine meiner Mitbewohnerinnen etwas wusste. Wir wollten einfach vermeiden, dass Gerüchte aufkamen, und ich hatte, nach früheren, vielen Erfahrungen, einfach keine Lust mehr auf Fragen, die ich nicht hätte beantworten wollen.

Meine Nachbarinnen und ich trafen uns regelmäßig, hatten lustige Vormittage, mit witzigen Themen und wir vergaßen darüber

ganz und gar, was in dieser gemeinsamen Zeit passiert war.
Plötzlich, an einem Sonntagnachmittag hörten wir im Radio eine Nachricht. Eine Frau aus Ratzeburg war in Berlin gefunden worden. Sie lag auf einer Parkbank, nahe eines Sees. Erste Untersuchungen ergaben

einen natürlichen Tod. Es sei mit ziemlicher Sicherheit ein Herzinfarkt gewesen, da die Frau gesundheitlich schon vorbelastet gewesen sei. Man fand Tabletten in ihrer Handtasche, Rezepte, und bei der Obduktion bestätigte sich der natürliche Tod.
Es war Katharina. Sie war einfach gestorben.
Wir hatten alle diese traurige, schreckliche Zeit erlebt, verarbeitet und lebten ein harmonisches, glückliches und zufriedenes Leben.
Doch es sollte noch immer nicht vorbei sein mit den Toten vom Küchensee.
Es war inzwischen Herbst geworden im nächsten Jahr.
Da geschah erneut etwas Unvorhersehbares.
Bei einer Radtour durch den Wald, auf meiner Runde um den Küchensee auf der Ostseite, fiel ich beinahe vom Rad. Ich bin oft allein unterwegs, wenn es mich nach draußen zieht, damit ich mal wieder etwas erleben kann. Nach unserem damaligen schrecklichen Erlebnis mit der Frau in dem Wasserrad hatten wir alle den Küchensee und seinen Wald gemieden, aus Angst, aus Erinnerung, einfach um nicht wieder daran erinnert zu werden, alles noch einmal zu

erleben, die Bilder von dem toten Körper, der sich mit dem Wasserrad immerzu mitdrehte...
Nun, jedenfalls sah ich einen Schatten im Wald. Dieser bewegte sich mit dem Wind hin und her.
Als ich dem Schatten folgte, sah ich an einem Baum einen großen Sack aus Leinen hängen, gefüllt mit etwas Schwerem.
Eigentlich war es kaum zu verkennen. Aber man will es ja nicht wahrhaben.
Ich rief, ohne darüber nachzudenken, mit meinem Smartphone sofort die Polizei. Man sagte mir, ich solle, bevor sich eine Streife herausbemühe, nachschauen, was sich in diesem Sack befinden würde. Doch ich erwiderte, dass es offensichtlich ein menschlicher Körper sei. Der Polizist am Telefon sagte mir, dass ich nach Möglichkeit dortbleiben solle, bis die Beamten vor Ort seien. Man stelle sich vor: Eine Frau, allein im Wald, mit einer Leiche in einem Sack am Baum hängend. Das ist nicht prickelnd.
Doch ich versprach, mich zusammenzureißen und auf die Polizei zu warten. Warum trifft es immer mich?
Das ist nicht fair.
Wer möchte immer solch schreckliche Dinge erleben.

Inzwischen kamen Fußgänger an mir vorbei, sahen, dass ich, weiß im Gesicht und schwankend, auf einem Baumstamm saß. Die Leute fragten mich, ob es mir nicht gut ginge. Ich zeigte nur mit dem Finger in Richtung des sich im Wind wiegenden Sackes.
Die Leute erschraken. „Was ist denn in dem Sack drin, und wer hat den dort aufgehängt?“
„Ich weiß es nicht,“ sagte ich mit bleichem Gesicht.
„Ich habe ihn beim Radfahren entdeckt.“
„Nun muss ich auf die Polizei warten.“
Die Leute setzten sich zu mir auf den Baumstamm und sprachen kaum. „Wir lassen Sie nicht allein.“ Nicht, dass Sie noch umfallen.“
So saßen wir verharrend ungefähr eine Viertelstunde dort, schweigend und erschrocken.
Doch es kam uns vor wie eine Ewigkeit. Immer wieder fiel der Blick auf diesen Leinensack, der im Wind hin und her baumelte.
Und ich fragte mich wieder und wieder: Wenn tatsächlich eine Leiche in diesem Sack enthalten war, warum war sie überhaupt eingepackt? Normalerweise sieht man im

Fernsehen, in Krimis doch nur „Aufgehängte“ ohne Sack...
Ein kalter Schauer lief mir über den Rücken.
Ich dachte daran, was wohl meine lieben Freunde und Mitbewohner sagen würden, wenn ich ihnen erzählen würde, dass ich schon wieder eine Leiche gefunden hätte. Und warum wieder am Küchensee? Das erschien doch schon sehr fragwürdig und mysteriös.
Jedenfalls traf mittlerweile die Polizei ein. Sie stiegen zu viert aus dem Auto, gingen so gleich zu dem Leinensack am Baum und machten zunächst Fotos.
Dann telefonierten sie.
Es war mir schon klar, wen sie anrufen mussten. Chris Henningsen wurde informiert. Mein Freund sollte kommen.
Als auch er nach einer weiteren Viertelstunde eintraf, konnte er sich ein Lächeln nicht verkneifen.
„Schon wieder du, äh, Sie? Und schon wieder eine Leiche?
Ist das dein neues Hobby?
Leichen sammeln?“
Doch ich konnte darüber nicht lachen.
Mir war es gar nicht gut.

In meinem Kopf liefen Szenen ab, die man sonst wirklich nur aus dem Fernsehen kennt oder aus dem Kino.
Es wurde wieder Absperrband gezogen, es wurden Fotos gemacht, und vor allem wurden wir befragt, was hier eigentlich los sei.
„Chris, sorry, Herr Oberkommissar, könnte ich nach Haus fahren, mir ist gar nicht gut."
„Wenn sie weitere Fragen haben, könnten Sie mich doch bitte zuhause aufsuchen."
„Ja, in Ordnung, Das machen wir so," erwiderte Chris.
Kannst du, äh, Sie mit dem Rad fahren?"
„Oder muss ich dich fahren?"
„Nein, geht schon, ich werde schieben, danke."
So ging ich mit meinem Rad, meines Weges, stumm und sehr nachdenklich, mit dem Wissen, dass Chris mich heut noch besuchen würde, um die ganze Angelegenheit zu besprechen.
Und so war es dann auch. Gegen 19.00 Uhr klingelte es. Chris stand vor der Tür. Ich ließ ihn rein und brach förmlich in seinen Armen zusammen.
„Hey, Süße, was ist denn los?"

Er küsste mich zärtlich und drückte mich ganz fest an sich.
„Du kennst das doch schon," sagte er lächelnd.
„Witzbold," entgegnete ich.
„Ich fühle mich schon wie ein Todesengel."
„Das ist doch nicht normal, dass immer ich die Leichen finde."
„War es denn überhaupt eine Leiche, dort in dem Leinensack am Baum?"
„Ja, und was für eine!"
„Gut, dass du weggefahren bist. Du wärst mit dem Anblick nicht so schnell zurechtgekommen."
„Das war wirklich kein schönes Bild. Der Körper muss dort schon länger gehangen haben."
„Okay, mehr kann ich zu diesem Zeitpunkt erst mal nicht sagen."
Wir verbrachten den Abend ruhig und friedlich zusammen, sahen Fernsehen und sprachen über dies und das, in der Hoffnung, uns abzulenken.
Am nächsten Morgen fuhr Chris zur Arbeit. Ich rief sogleich die mir am nächsten stehende Mitbewohnerin Beate an.
„Beate, stell dir vor, ich habe schon wieder eine Leiche gefunden."

„Waaaaaaaas, wirklich? Wann denn?"
„Gestern," sagte ich.
Ich erzählte ihr von meiner Radtour am Küchensee entlang, und sie meinte nur.
„Das kann doch nicht sein, das gibt es doch gar nicht, schon wieder am Küchensee?"
„Das ist ja unheimlich."
„Weiß man schon Näheres," fragte sie mich.
Doch ich erwiderte nur, dass die Ermittlungen sicherlich erst gerade anlaufen.
Beate kam zu mir und wir tranken erst mal eine Tasse Tee. Dann erzählte ich ihr einige Details.
Aber wir sagten beide, unabhängig voneinander, dass dieser See verhext sei.
Es dauerte nicht lange, bis man in der Zeitung davon lesen konnte. Es war eine Männerleiche in dem Sack, doch zunächst nicht identifizierbar.
Doch es dauerte nicht lange und Chris erzählte mir Details, die ich natürlich für mich behalten sollte.
Es handelte sich um einen Mann um die 50 Jahre, aus Ratzeburg, bzw. einem Randbezirk. Der Mann war Mordopfer. Er wurde vermutlich mit einem Beil oder einer Axt umgebracht. Es waren tiefe Verletzungen

an seinem Körper zu finden. Der Mann war schlank und ca. 170 cm groß, hatte kurzes, graues Haar. Dieser wurde schon vermisst. Doch offensichtlich gab es genug Bekannte und ehemalige Freunde, die nicht gut auf ihn zu sprechen waren. Er war ein Frauenheld und ging nicht gut mit seinen Mitmenschen um.
Also begann man in seinem näheren Umfeld nach Verdächtigen zu suchen.
Doch davon gab es sicherlich genug.
Mir erschien das alles sehr vertraut.
Die Beschreibung und all das, was Chris mir erzählte, kam mir so bekannt vor. Doch ich schwieg.
Ich hätte durchaus mit zu den Verdächtigen gehören können, wenn sich bestätigte, was ich dachte.
Wenn ich ihn wirklich kannte, der vermisste Mann wirklich der war, welcher mir sehr weh getan hatte, dann war es nicht schade um ihn, dachte ich mir so insgeheim. Dann hatte er seine gerechte Strafe bekommen. Aber noch war es ja nicht sicher.
Und ich wollte Chris auch nicht auf den Gedanken bringen, mich ebenfalls zu verdächtigen.

Wir beide hatten nie über unsere Vergangenheit gesprochen, denn es gab nur noch ein Vorwärts, kein Zurück mehr.
Meine neue Zukunft sah vor, dass ich glücklich sein wollte, mir über meine Vergangenheit, die sehr turbulent, manchmal sehr negativ war, keine Gedanken mehr machen wollte.
Es hat doch keinen Zweck über Vergangenes nachzudenken und sich darüber zu ärgern oder daran zu zerbrechen.
Darum zählt nur noch das Heute und das Morgen. Was gestern war, existiert nicht mehr.
Chris und ich verstanden uns gut. Und ich fand es so interessant, alles, was möglich war, über seinen Beruf zu erfahren, über seine Fälle, wenn er darüber sprechen durfte.
Wir hatten viele Gemeinsamkeiten, genossen aber auch unsere Freiheit.
Doch hier, in diesem Zusammenhang mit all den Morden und den Toten vom Küchensee...
nein, unsere Beziehung stand unter keinem guten Stern.
Tage später stand auf Grund der Obduktion fest, dass es sich tatsächlich um ihn, um den Mann handelte, von dem so viele Menschen

belogen, betrogen und schlecht behandelt worden waren.
Jeder, der befragt wurde, sagte aus, dass er es nicht anders verdient hatte.
Aber den Mörder fand man so schnell nicht.
Ein jeder hatte ein Hieb- und stichfestes Alibi.
Doch natürlich ließen Chris und seine Mitarbeiter nicht locker. Außerdem wurde ihm mit jedem Gespräch mit mir bewusster, dass da mehr war als nur Neugier von meiner Seite aus.
Immer wieder saßen wir zusammen und ich wollte ihm nicht den Anlass geben, mir zu misstrauen.
Eines Tages dann brachte Chris es aus mir heraus. Ich hatte mich in Ungereimtheiten verstrickt. So erfuhr er, dass ich mit diesem Mann, dem Opfer, eine Affäre gehabt hatte.
Doch ich versicherte ihm, dass es eben nur eine Affäre gewesen war und ich keine Liebe für ihn empfand. Die Kripo forschte weiter und fand dann in Jims, so hieß der Mann in dem Leinensack, familiärer Umgebung genug Feinde, die dem Mordopfer nichts Gutes gewünscht hatten. Selbst Chris sagte mir im Vertrauen, dass er solch einem..., ich wage es gar nicht auszusprechen, auch den Hals umgedreht hätte, nachdem er all diese

bestätigten Untaten erfahren hatte. Aber nichts desto trotz, der Mörder musste gefunden und bestraft werden. Also ermittelte die Kripo weiter.
Es war alles eigentlich so einfach, denn wo sucht man am ehesten? Natürlich in der Familie. Und wer ist oft daran beteiligt? Ja, nach Wochen des Ermittelns, der Befragungen, der Suche nach Details, Spuren, usw. stellte es sich heraus, dass die Ehefrau des Opfers indirekt mit dem „Mord" zu tun hatte.
Jims Tod war offensichtlich der angenehme Nebeneffekt eines Haushaltsunfalls.
Jim hatte in seinem Haus mit der Axt Bäume gefällt und bearbeitet. Doch die Axt ging dabei zu Bruch und verletzte ihn schwer. So schwer, dass er sich nicht selber aus dieser misslichen Lage retten konnte. Seine Frau fand ihn noch mit letzten Worten im Garten: „Es tut mir leid, dass ich so ein untreuer Ehemann war." Sie war daraufhin nicht bereit, schnell und ohne Kompromisse den Rettungsdienst zu rufen. So verblutete Jim in seinem Garten und starb. Sie schaffte dann mit vereinten Kräften ihrer guten Freunde, also den Feinden Jims, die Leiche in dem Leinensack an den Baum im Wald am

Küchensee, weil sie wusste, dass dieser Ort sein Lieblingsplatz gewesen war, wenn er joggen ging. Das war ihr eine kleine Rache für seine Affären.
So ging wieder ein Todesfall zu Ende und die Akte wurde erfolgreich geschlossen.
Was hat dieser Küchensee, dass es dort immer wieder zu solch schrecklichen Vorfällen kommt?
Keiner kann sich einen Reim darauf machen.
Leider war auch mit diesem letzten Fall das Thema Mord und Tod am Küchensee nicht abgeschlossen.
Es gab dort offensichtlich Orte rund um diesen unheimlichen See, die dazu prädestiniert waren.
Ja, es geschah immer wieder etwas. Diesmal dauerte es eine Weile, so dass man an Ruhe und Frieden glaubte.
Aber weit gefehlt.
Diesmal erfuhren wir es aus der Zeitung.
Zum Glück war dieses Mal niemand aus unserer Gemeinschaft davon betroffen.
Diesmal war es ein Fremder, ein Amerikaner, der nach Deutschland gereist war, um dort zu heiraten.

Offensichtlich sollte es eine Zweckehe werden. Eine Ehe, aus der ein Daueraufenthalt in Deutschland werden sollte. Der Fremde, er hieß Frank, kam aus Florida.
Über ein Chatportal im Internet lernte er eine Frau aus Ratzeburg kennen. Über Monate hatten die beiden sich geschrieben. Romantische Worte, die Frank im Chat wählte, ließen die Frau „butterweich" werden, so dass sie ihm nicht widerstehen konnte.
Sie, die Frau aus Ratzeburg, mit Namen Helga, war einsam und allein. Sie war ungebunden, frei und wollte so nicht weiterleben. Aber sie war auch intelligent, sprach Deutsch, Französisch und Englisch sogar fließend.
Also loggte sie sich eines Tages in ein Chatportal ein, in dem man den Partner für das zukünftige Leben finden sollte.
Die beiden Parteien tauschten viele Nachrichten aus, Fotos wurden gesendet, Pläne geschmiedet für das erste Blind Date.
Beide hatten wohl, laut Recherchen, lange keine Beziehung mehr gehabt, wurden in ihrem bisherigen Leben enttäuscht und verletzt.

Darum war es so einfach, in dieser Singlebörse einen Partner zu suchen und zu finden und den Gefühlen endlich mal wieder freien Lauf zu lassen. Das Gegenüber war ja fremd. Die beiden schrieben sich lange, innige Mails.
Die Worte wurden immer liebevoller.
Dann, nach Wochen voller Träume, lieber Worte, wunderschöner Gedanken war es so weit.
Helga und Frank verabredeten tatsächlich ein Treffen. Frank wollte Helga nun in Ratzeburg besuchen.
Eigentlich kam es ihr schon merkwürdig vor, dass er so weit reisen wollte, um sie hier in Deutschland zu besuchen. Doch wie wir alle wissen, macht Liebe ja bekanntlich blind und vernebelt den Verstand.
Frank sollte in Hamburg am Flughafen ankommen an einem Sonntagmorgen.
Helga war ganz aufgeregt und wollte ihn dort abholen.
So fuhr sie also mit der Bahn nach Hamburg an diesem Tag und ging zum Terminal, wo Frank ankommen sollte.
Sie hatten zwar Bilder ausgetauscht, aber trotzdem verabredeten die beiden ein Willkommenszeichen, indem sie beide eine

rote Rose in der Hand tragen wollten, woran man sich erkennen sollte.
Nun, gegen 11.30 Uhr landete die Maschine aus Miami in Hamburg. Helga war sichtlich nervös und aufgeregt. Sie wusste nicht, ob sie sich freuen sollte, oder ob sie Angst vor solch einer Begegnung mit einem Fremden haben sollte. Aber ihr Herz schlug und sie dachte immer wieder daran, wie sehr sie davon geträumt hatte, nicht mehr allein zu sein. Endlich wieder mit jemandem gemeinsam zu leben, zu lieben, morgens zu frühstücken und Hobbies gemeinsam zu tun, die zu zweit einfach mehr Spaß machen als allein.
Helga bebte vor Freude.
Sie wartete und ihre Augen suchten nach dem Mann von den Fotos, die sie sich immer und immer wieder angesehen hatte.
Er sah attraktiv aus, trug eine Brille, hatte dunkelblondes Haar, leicht gewellt, war groß und stark. Sie schaute und dann, dort in der Menge, erschien er. Frank war tatsächlich angekommen.
Sie konnte es nicht glauben, hatte eigentlich schon damit gerechnet, wieder allein nach Ratzeburg zurückzukehren. Aber er war da.
Frank sah Helga und lächelte. Sie schmolz dahin.

Beide trugen sie die Rosen in ihren Händen. Sie kamen aufeinander zu, begegneten sich wie zwei vertraute Liebende.
Er umarmte sie und es kam ein unglaubliches Gefühl der Herzlichkeit, der Freude und der Liebe in ihr auf.
Bis zu diesem Zeitpunkt schien also alles der Wahrheit zu entsprechen.
Konnte das sein? Ihre langjährige Freundin hatte sie davor gewarnt mit den Worten:
„Helga, glaube mir, welcher Mann kommt aus Florida, um hier in Deutschland eine Frau zu heiraten, die er nur aus Erzählungen, aus dem Internet, von Fotos her kennt?"
„Sei nicht so unvernünftig."
„Du bist doch eine intelligente Frau, die weiß Gott genug in ihrem Leben durchmachen musste, die keine Enttäuschungen mehr ertragen kann."
„Hör auf mich!"
Doch Helga erwiderte:
„Jenny, du hast doch selber jemanden aus dem Netz kennen und lieben gelernt.
Gönnst du mir diese Freude nicht? Wir kennen uns über 30 Jahre. Du weißt, wie sehr ich mir eine neue Beziehung und

Partnerschaft wünsche. Ich will nicht mehr allein sein."
Aber Jenny hatte viel recherchiert, viele reale Nachrichten im Fernsehen verfolgt, aktuelle Berichte in Zeitungen gelesen.
Ja, sie lebte seit Jahren glücklich mit einem Mann, den auch sie in einem Chatportal kennengelernt hatte, zusammen. Aber es waren andere Voraussetzungen, und die beiden hatten sich innerhalb Deutschlands kennengelernt.
Doch hier ging es, laut Jennys Meinung, nicht mit rechten Dingen zu. Helga war da nicht zu belehren. Sie musste ihre eigenen Erfahrungen machen, die hoffentlich gut ausgingen.
Nach dem Helga ihren Frank nun vom Flughafen abgeholt hatte, fuhren die beiden Hand in Hand nach Ratzeburg zurück. Dort hatte sie für Frank ein Hotelzimmer gemietet. Helga war zumindest so vernünftig, ihn nicht gleich bei sich einziehen zu lassen.
Sie brachte ihn in sein Hotel und verabredete mit ihm, dass er anschließend zu ihr nach Haus kommen solle, damit die beiden gemeinsam essen konnten und Kaffee trinken, mit netten Gesprächen.

Helga war glücklich. Komischerweise dachte sie nicht einen Moment darüber nach, dass etwas hätte schiefgehen können. Ihr Verstand setzte aus. Endlich wieder ein Mann im Haus und im Bett, dachte sie sich, während sie das Essen zubereitete. Sie war eine leidenschaftliche Köchin.
Helga überlegte, ob tatsächlich, auf Grund ihrer unbändigen Sehnsucht, aus dem mittäglichen Besuch ein unvergessliches Erlebnis werden könnte mit anschließendem Sex. Helga war bereits seit über 20 Jahren nicht mehr mit einem Mann zusammen gewesen.
Sie konnte ihre Vorstellungen, wie es nach so langer Zeit sein würde, kaum zügeln.
Aber zunächst waren es nur Bilder in ihrem Kopf.
Denn Helga wollte Frank ja nicht sofort zeigen, wie ausgehungert sie war. Wie sehr sie sich nach Zärtlichkeit sehnte, nach Liebe, nach leidenschaftlichen Küssen und Umarmungen.
Während sie also, versunken in ihre Träume, vor dem Herd stand, das Essen zubereitete, klingelte es auch schon an der Tür.

Frank war da. Er trug ein großes, nett eingepacktes Geschenk bei sich und einen Strauß bunter Blumen,
Helga war zutiefst gerührt, hätte ihn am liebsten schon jetzt, auf der Stelle, seiner Kleidung entledigt und ihn ins Bett gezogen. Aber sie beherrschte sich.
Er kam rein, zog seine Jacke aus und die beiden gingen in die Küche. In ihren Emails hatte er Helga häufig geschrieben, wie er sie beim Kochen verwöhnen würde. Ihr den Nacken küssen, sie sanft streicheln.
Aber im Traum hätte sie nicht daran geglaubt, dass es Realität werden würde.
Doch genau so spielte es sich im Augenblick ab. Er stand hinter ihr, küsste sie, umarmte sie. Sie redeten kaum. Es war wie in ihrem persönlichen Märchen. Sollte es wirklich wahr werden?
Würden sie auf das mit Liebe gekochte Essen verzichten und gleich im Schlafzimmer landen? Was war mit Helga los? Wusste sie nicht mehr, was sie tat?
Er flüsterte ihr leise ins Ohr: „Helga, ich habe so lange von diesem Moment geträumt. Von uns zweien, wie wir uns im Moment der Begegnung schon danach sehnen, unsere Körper zu spüren."

„Ich kann dir gar nicht sagen, wie sehr ich mich nach deinen Berührungen verzehre."
„Lass uns einfach die Welt um uns herum vergessen."
Helga wurden die Knie ganz weich.
Sie war wie von Sinnen. Doch dann wurden ihre Instinkte wieder geweckt. Es war noch zu früh. Sie antwortete ihm: „Nicht jetzt, mein Lieber. Ich kenne dich doch gar nicht. Ich habe Angst vor dem Moment. Es geht zu schnell."
„Lass uns zunächst einmal in Ruhe essen und uns unterhalten. Ich möchte viel mehr von dir wissen."
„Aber Helga, wir kennen uns, sind uns so vertraut, als wären wir schon Jahre lang Freunde. Ich habe dir alles geschrieben von mir."
„Trotzdem, ich möchte mich so schnell nicht auf ein Abenteuer einlassen."
Frank war erschrocken und ein wenig erbost über diese plötzliche Reaktion Helgas, deren Verstand offensichtlich doch über ihre Sehnsucht siegte. Frank hielt sie fest. Doch sie wehrte sich. Da ging er zurück zur Wohnungstür, knallte diese hinter sich zu und verschwand. Helga war allein. Sie schaute ins Leere.

Was war das denn? War das Wirklichkeit? War er nur auf das eine aus? Nein, so bitter nötig hatte sie es nicht. Zwar entsetzt doch realistisch setzte sie sich an den Küchentisch und begann zu essen. Es klingelte erneut.
Sie öffnete die Tür.
„Entschuldige, bitte Helga. Ich weiß nicht, was ich tat." Es ist bei mir einfach zu lange her. Ich hatte ein unbändiges Verlangen nach Nähe. Es tut mir so leid. Kannst du mir verzeihen?"
„Komm rein, und lass uns reden," sagte sie zu ihm.
Sie gingen erneut in die Küche. Er setzte sich an den Tisch mit reumütigem Blick und sie gab ihm etwas zu essen.
Die nächsten Minuten blieb es still am Tisch.
„Auch ich habe lange keine Zärtlichkeit erlebt, keine Nähe, keine Berührung," entgegnete Helga ihm nun.
„Aber niemals würde ich mich so vergessen."
„Bitte tu das nie wieder!"
„Wenn aus uns was werden soll, dann mit Geduld und Vernunft."
„Wir müssen erst einmal sehen, ob wir zueinander passen, ob unsere Chemie stimmt, ja, ob wir kompatibel sind, lächelte sie ihn an."

So vergingen einige Tage mit netten Gespräche, etwas Zärtlichkeit, jedoch ohne Sex, ohne das Bett zu teilen, ohne all die Lust, die auch in ihr schlummerte. Sie gingen spazieren, fuhren mit dem Bus in die Stadt zum Einkaufen und sie erzählte ihm von ihrer Heimat.

Er schwärmte von Florida, wo es doch viel wärmer und angenehmer sei und wo er angeblich sein großes Haus hätte, mit Bediensteten. Er sei beruflich ein Schiffbauingenieur, der auch auf Bohrinseln tätig sei. Dafür müsse er oft verreisen.

„Würde dir das etwas ausmachen, wenn ich manchmal mehrere Wochen außer Haus wäre, berufsbedingt?"

„Tja, glücklich wäre ich darüber sicher nicht," erwiderte sie. „Aber so weit sind wir ja noch nicht."

Dann fragte er sie, ob er ihr etwas gestehen könne.

„Ich habe da ein Problem. Um die nächste Stelle antreten zu können, benötige ich 900$. Diese liegen im Augenblick fest auf meinem Konto in Florida. Könntest du mir dieses Geld leihen, für ein paar Tage?" Er hatte noch nicht ganz zu ende gesprochen, da sprang Helga von ihrem Stuhl auf.

„Raus!“ schrie sie. „Raus! Und zwar schnell!“
„Wie kannst du es wagen, mich nach Geld zu fragen?“
„Bist also auch du einer von diesen Betrügern, von denen meine Freundin mir erzählt hat.“
„Ich konnte es gar nicht glauben, habe mich mit ihr deinetwegen erzürnt.“
„Raus, du Schwein!“
Helga schob ihn förmlich zur Wohnungstür, öffnete diese und schloss die Tür hinter ihm wieder zu. Dann war sie kreidebleich, fiel in sich zusammen und weinte bitterlich.
Sie hörte nichts mehr von ihm.
Nach ca. 3 Wochen erschien ein Artikel mit Bild in der Zeitung „Markt Ratzeburg“
„Amerikaner im Küchensee gefunden, vermutlich ertrunken. Der Mann wurde bereits gesucht. Er war ein bekannter Betrüger, der seine Opfer mit Mails und lieben Worte köderte, ihnen Geschenke machte und anschließend versuchte, teils mit Erfolg, seinen Opfern, hauptsächlich Frauen, das Geld aus der Tasche zu ziehen, mit dubiosen Geschichten.
Helga war entsetzt. Auch sie wäre diesem Mann beinahe verfallen.

Das war die Zeit der vielen Toten, Morde und Leichen am und im See.
Es schien sich um eine Zeit zu handeln, in der dieser See von bösen Geistern umgeben war. Eine Zeit, in der der Teufel seine Hände im Spiel hatte.
Seit dieser Zeit hat der See seine friedliche Ruhe wiedererlangt. Er liegt ruhig, zwischen Wäldern eingeschlossen. In ihm wohnen viele Märchen und Geschichten. Mögen wir alle ihn wieder liebgewinnen und all seine schlechten Tage vergessen.

Printed in Great Britain
by Amazon